Desastres

EL DESASTRE DEL HINDENBURG

Por Ryan Nagelhout
Traducido por Esther Sarfatti

Gareth Stevens
PUBLISHING

Please visit our website, www.garethstevens.com. For a free color catalog
of all our high-quality books, call toll free 1-800-542-2595 or fax 1-877-542-2596.

Cataloging-in-Publication Data

Nagelhout, Ryan.
    El desastre del Hindenburg / Ryan Nagelhout, translated by Esther Sarfatti.
        pages cm. — (Desastres)
    Includes bibliographical references and index.
    ISBN 978-1-4824-3262-6 (pbk.)
    ISBN 978-1-4824-3260-2 (6 pack)
    ISBN 978-1-4824-3257-2 (library binding)
    1. Hindenburg (Airship)—Juvenile literature. 2. Aircraft accidents—New Jersey—Juvenile
literature. 3. Airships—Germany—Juvenile literature. I. Title.
    TL659.H5N34 2016
    363.12'40974948—dc23

First Edition

Published in 2016 by
Gareth Stevens Publishing
111 East 14th Street, Suite 349
New York, NY 10003

Copyright © 2016 Gareth Stevens Publishing

Designer: Katelyn E. Reynolds
Editor: Therese Shea

Photo credits: Cover, p. 1 Sam Shere/Getty Images; cover, pp. 1–32 (background texture)
501room/Shutterstock.com; p. 5 AFP/Getty Images; pp. 7, 27 NY Daily News Archive/
Getty Images; p. 8 Bundesarchiv, Bild 183-U0618-0500/CCBY-SA/German Federal
Archives/Wikipedia.org; p. 9 (top) Bundesarchiv, Bild 146-1986-127-05/CC-BY-SA/German
Federal Archives/Wikipedia.org; p. 9 (bottom) General Photographic Agency/Getty
Images; p. 11 Joyce Marshall/Fort Worth StarTelegram/MCT/Getty Images; p. 13 (top)
Archive Photos/Getty Images; p. 13 (bottom left) Fox Photos/Getty Images; pp. 13 (bottom
right), 17 (top) Time Life Pictures/Mansell/The LIFE Picture Collection/Getty Images;
p. 15 (top) Bundesarchiv, Bild 147-0639/CC-BY-SA/German Federal Archives/Wikipedia.org;
p. 15 (bottom) Bundesarchiv, Bild 147-0640/CC-BY-SA/German Federal Archives/
Wikipedia.org; p. 17 (bottom) Planet News Archive/SSPL/Getty Images; p. 19 (main)
Robert Yarnall Richie/Wikipedia.org; p. 19 (inset) Donewithfuess/Wikipedia.org;
p. 21 USCG/Wikipedia.org; p. 23 (left) Underwood Archives/Getty Images; p. 23 (right)
Associated Press/Wikipedia.org; p. 24 Central Press/Getty Images; p. 25 Seelig/NY
Daily News Archive/Getty Images; p. 29 Popperfoto/Getty Images.

All rights reserved. No part of this book may be reproduced in any form without
permission in writing from the publisher, except by a reviewer.

Printed in the United States of America

CPSIA compliance information: Batch #CS15GS: For further information contact Gareth Stevens, New York, New York at 1-800-542-2595.

CONTENIDO

Las palabras del glosario se muestran en **negrita** la primera vez que aparecen en el texto.

EN EL AIRE

Quizá hayas volado alguna vez en un avión, pero también hay otros tipos de máquinas voladoras. Los helicópteros y los aviones son máquinas pesadas que vuelan gracias a sus alas o hélices que los hacen elevarse en el aire. Pero, ¿sabías que hay otras máquinas que son más livianas que el aire? Estas aeronaves se llaman aerostatos y usan gases más ligeros que el aire de la atmósfera lo que les permite elevarse.

Seguramente habrás visto algún dirigible sobrevolar durante un evento deportivo importante, o puede que incluso hayas subido a un globo de aire caliente, ¿pero te puedes imaginar un dirigible que mida más que dos terrenos de fútbol de largo? El *Hindenburg* era la aeronave más grande del mundo cuando se construyó en la década de 1930. Pero esta increíble máquina se incendió y se estrelló en 1937. Sigue leyendo para que conozcas qué ocurrió con el *Hindenburg* y con las personas que viajaban en él.

Datos Importantes

El hidrógeno y el helio son gases de propulsión. Como verás, muchos de los gases que son más ligeros que el aire son poco comunes o simplemente demasiado peligrosos para usar en aeronaves.

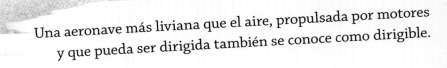

Una aeronave más liviana que el aire, propulsada por motores y que pueda ser dirigida también se conoce como dirigible.

ELEVARSE

Hacer que un aerostato vuele es sencillo. Solo hay que conseguir que sea más liviano que el aire a su alrededor. El aire en la atmósfera de la Tierra está compuesto de varios gases diferentes, pero principalmente nitrógeno (78.084 por ciento) y oxígeno (20.946 por ciento). Por tanto, los gases de propulsión deben ser más livianos en general que estos dos elementos. Además, los aerostatos también pueden regular el peso con **lastre** (por ejemplo, agua) para subir o bajar y poder mantenerse estables en el aire.

5

EL GRAN DIRIGIBLE

El *Hindenburg* era un dirigible sólido. Su estructura era de metal lo que le daba su forma. La estructura estaba hecha de un metal ligero llamado duraluminio. La aeronave tenía 15 anillos principales, algunos tan grandes como una rueda de feria, que conectaban las 36 varas de madera que iban a todo lo largo de los 803 pies (245 m) de la aeronave. El esqueleto de la nave estaba cubierto de un material que le daba la forma de un gran tubo.

Dentro de la estructura de metal había 16 bolsas llenas con más de siete millones de pies cúbicos (200,000 m³) de hidrógeno para elevar el dirigible. Sus cuatro motores de diésel lograban una velocidad de 84 millas (135 km) por hora.

El *Hindenburg* tenía una altura de 135 pies (41 m) desde su base hasta el punto más alto.

Datos Importantes

Una vez en el aire, navegar y aterrizar estas aeronaves es más difícil que hacerlas despegar, hecho que ocasionó el desastre del *Hindenburg*.

Los dirigibles sólidos llevan gas en compartimentos o bolsas, pero mantienen su forma aun si estos están vacíos.

¿Y OTROS DIRIGIBLES?

Aunque tienen formas similares, la mayoría de estas aeronaves son mucho más pequeñas que el *Hindenburg*. Los dirigibles que sobrevuelan los eventos deportivos suelen medir unos 190 pies (58 m) de largo. ¡Eso significa que son aproximadamente cuatro veces más pequeños que el *Hindenburg*! Además, los dirigibles modernos no son sólidos, o sea no tienen una estructura interna. Utilizan la presión del gas que llevan dentro para mantener su forma. Cuando el dirigible no tiene gas, pierde su forma, al igual que un globo cuando no tiene aire.

LA CONSTRUCCIÓN DEL *HINDENBURG*

La construcción del LZ-129 *Hindenburg* comenzó en Alemania en 1931, pero el progreso fue lento. No fue fácil conseguir el dinero para construir esta aeronave durante la **Gran Depresión**, la cual perjudicó a empresas en Alemania, Estados Unidos y muchos otros países alrededor del mundo. Luftschiffbau Zeppelin, la empresa constructora de la aeronave, compró más de 11,000 libras (5,000 kg) de duraluminio procedente de los restos del dirigible británico R-101, que se estrelló en 1930.

El *Hindenburg* recibió su nombre por Paul von Hindenburg, un famoso oficial del ejército alemán y que era presidente de Alemania cuando comenzó su construcción. El gobierno alemán dio dinero a la empresa fabricante de zepelines para que terminara la construcción del *Hindenburg*. La esvástica, o cruz gamada, el símbolo del partido **Nazi** de Adolf Hitler, se añadió a la cola de la aeronave.

Paul von Hindenburg

Los oficiales Nazis pidieron que el dirigible recibiera el nombre de Hitler, pero la empresa constructora se negó.

LOS ZEPELINES DEL *GRAF*

Ferdinand von Zeppelin era un general alemán que fundó la empresa Luftschiffbau Zeppelin. Sus diseños se hicieron tan famosos que pronto todo el mundo comenzó a llamar zepelines a los dirigibles. El LZ-127, llamado el *Graf Zeppelin* (Conde Zeppelin), se lanzó por primera vez en 1928. Un año después, realizó con éxito un viaje de tres semanas alrededor del mundo. El dirigible, que medía 776 pies (237 m) de largo y 100 pies (30 m) de alto, tuvo tanto éxito que la empresa construyó un **hangar** mayor para poder construir otras aeronaves más grandes. El primero fue el *Hindenburg*.

DATOS IMPORTANTES

Aunque el *Hindenburg* solo medía unos 30 pies (9 m) más de largo que el *Graf Zeppelin*, era más alto y más ancho, razón por la cual tenía que llevar el doble de gas propulsor. Su estructura era también más fuerte y menos flexible.

¿POR QUÉ HIDRÓGENO?

El hidrógeno es un gas muy **inflamable**. Entonces, ¿por qué se utilizó para el *Hindenburg*? En la época en la que se construyó el zepelín, Estados Unidos poseía la mayor parte de las reservas mundiales del gas helio. El helio normalmente se extrae de depósitos de gas natural, y la mayoría de estos pozos se encuentran en Estados Unidos, incluso hoy.

Los alemanes diseñaron el *Hindenburg* con la idea de que funcionara con helio, asumiendo que podrían convencer a Estados Unidos para que les diera licencia para obtener y utilizar el gas. Cuando Estados Unidos se negó, los diseñadores del *Hindenburg* entendieron que no tendrían acceso a suficiente helio para hacerlo volar. Por esta razón, cambiaron sus planes y decidieron utilizar hidrógeno, un gas más ligero pero mucho más peligroso.

Datos Importantes

Al usar hidrógeno en lugar de helio, el *Hindenburg* podía llevar más carga. El hidrógeno es el elemento más ligero del mundo.

10

Hoy día, el gobierno de Estados Unidos todavía controla la mayor parte de la producción de helio del mundo. Tiene una reserva de helio en Amarillo, Texas.

CARGA PESADA

El helio se obtuvo por primera vez de una mina de gas natural en Dexter, Kansas, en 1906. Antes de este descubrimiento, se usaban rocas con base de uranio para extraer helio, o se obtenía el gas de las minas de carbón. Con estos dos métodos se extraía solamente una pequeña cantidad del gas. El helio se utiliza para globos y dirigibles y para hacer pruebas científicas. También se puede usar para enfriar los instrumentos de laboratorio porque tiene un punto de congelación (la temperatura en la cual un líquido se convierte en sólido) muy bajo.

11

EL PRIMER VUELO

La construcción del *Hindenburg* se terminó a principios de 1936. El 4 de marzo, la aeronave realizó su primer vuelo oficial. Después de varias semanas de vuelos de prueba, hizo un viaje corto con 80 periodistas a bordo. Después de más pruebas y algunos viajes de **propaganda**, la aeronave estaba lista para cumplir su objetivo: realizar vuelos rápidos y cómodos a través del océano Atlántico.

Estos vuelos de pasajeros transatlánticos comenzaron el 6 de mayo de 1936. El *Hindenburg* llevaba 50 personas de Alemania a través del Atlántico Norte hasta un campo de aterrizaje en Lakehurst, Nueva Jersey, a unas 60 millas (97 km) al sur de la ciudad de Nueva York.

En aquella época, un viaje transatlántico en barco demoraba de 5 a 10 días, ¡mientras que el *Hindenburg* podía cruzar el océano en apenas dos días y medio!

Datos Importantes

El *Hindenburg* interrumpió las **pruebas de resistencia** para llevar a cabo un vuelo de propaganda, durante el cual la cola del zepelín se dañó al despegar. En otra ocasión tuvo problemas con los motores durante el primer viaje de prueba transatlántico, el 31 de marzo.

Los Nazis usaban a menudo el *Hindenburg* y el *Graf Zeppelin* para lanzar propaganda y difundir música y anuncios a favor del gobierno de Hitler en Alemania.

MÁQUINA DE PROPAGANDA

Debido a su impresionante tamaño y velocidad, el partido Nazi con frecuencia utilizaba el *Hindenburg* como maquinaria de propaganda. Cuando el boxeador alemán Max Schmeling venció al estadounidense Joe Lewis en una pelea en Nueva York, los Nazi llevaron a Schmeling de vuelta a Alemania en el *Hindenburg*. El dirigible también sobrevoló el estadio olímpico de Berlín, durante los Juegos Olímpicos en 1936. El símbolo olímpico, cinco anillos de colores entrelazados, se pintó sobre la tela que cubría el zepelín junto con las infames esvásticas del partido Nazi.

13

VIAJES DE LUJO

Viajar en el *Hindenburg* era muy caro. Debido a la rapidez y el lujo de la aeronave, un viaje solo de ida de Alemania a Estados Unidos costaba por lo menos $400. El zepelín tenía dos plantas con pequeñas habitaciones privadas para los pasajeros y habitaciones públicas compartidas. El *Hindenburg* tenía una sala de lectura, una **sala de estar**, un comedor y varias áreas donde los pasajeros podían abrir las ventanas y mirar el cielo o la tierra que sobrevolaban. Todo esto se encontraba en el casco, o el cuerpo, de la aeronave.

Uno de los viajes más famosos del *Hindenburg* fue el "Vuelo para millonarios", que tuvo lugar el 9 de octubre de 1936. A bordo de la aeronave iban 72 pasajeros ricos e influyentes que hicieron un recorrido por Nueva Inglaterra durante diez horas y media.

Datos Importantes

¡El *Hindenburg* tenía incluso una sala para fumadores! Esta sala estaba presurizada para que no pudiera entrar el hidrógeno. Dentro había un encendedor eléctrico, y los pasajeros no podían dejar la sala con un cigarrillo o un puro encendido.

A los pasajeros del "Vuelo para millonarios" se les entregó un cenicero de aluminio junto con un modelo en cristal del *Hindenburg* lleno de combustible diésel, el mismo líquido inflamable que se usaba para alimentar los motores del zepelín.

sala de estar

comedor

EL PIANO VOLADOR

A bordo del *Hindenburg* había un mueble especial: un piano para escuchar música en la sala de estar. El piano estaba hecho de un material ligero, como el duraluminio, y solo pesaba 356 libras (161 kg). Las canciones que se tocaban, se podían escuchar en la emisora de radio de NBC. Sin embargo, para la temporada de vuelo de 1937 ya el piano no era parte del *Hindenburg*. Estuvo en exposición en la fábrica de Blüthner en Alemania, donde se construyó, hasta que fue destruido en un bombardeo durante la Segunda Guerra Mundial.

EL TRABAJO EN UNA AERONAVE

Trabajar en un zepelín era parecido a trabajar en un barco. Un capitán y su tripulación se encargaban de navegar el *Hindenburg* por los cielos y mantener los motores de diésel encendidos mientras maniobraban la aeronave para que tuviera la altitud necesaria. Hacían falta al menos 39 tripulantes para volar la aeronave, muchos de los cuales se encargaban de los mandos en la **góndola**, que se encontraba debajo del zepelín. Otros empleados, como los cocineros y los auxiliares de vuelo, se ocupaban de atender a los pasajeros. Todos estos tripulantes tenían dormitorios.

El *Hindenburg* normalmente mantenía una velocidad de crucero de 76 millas (120 km) por hora y una altitud de 650 pies (200 m) por encima del suelo, excepto cuando trataba de mantenerse debajo de las nubes. La aeronave se valía de mapas e informes radiofónicos para evitar las zonas de mal tiempo.

Datos Importantes

A la tripulación del *Hindenburg* le preocupaban mucho las tormentas. Los planes de vuelo se hacían siempre teniendo en consideración el tiempo en ruta. La tripulación estaba entrenada para volar debajo de las nubes y poder observar mejor las condiciones climáticas cambiantes.

Según se consumía el combustible, había que dejar salir hidrógeno a través de unas **válvulas** para mantener en equilibrio el peso de la aeronave. La tripulación trabajaba sin cesar para que los pasajeros tuvieran un viaje confortable.

EL ATERRIZAJE

Uno de los aspectos más difíciles de volar un zepelín es el aterrizaje. La tripulación debía tener en cuenta el viento y muchos otros factores al acercarse lentamente a la zona de aterrizaje y decidir la mejor forma de aterrizar. Para hacer descender la aeronave, primero debían soltar gas de propulsión. A continuación, se lanzaban unas cuerdas a las personas que estaban en la tierra. Una vez que la aeronave estaba bien anclada, los pasajeros podían desembarcar.

17

VUELOS TRANQUILOS

Aparte de algunos contratiempos durante la fase de pruebas, el *Hindenburg* no tuvo problemas durante su primer año de vuelos comerciales. Los pasajeros pudientes que viajaban en el *Hindenburg* se quedaban impresionados por su confort, y cuando la gente veía que la gigantesca aeronave se acercaba a su ciudad, se conglomeraban para verlo aterrizar. El *Hindenburg* hizo 34 viajes a través del Atlántico en 1936, transportando sin problema a más de 3,500 personas y 66,000 libras (30,000 kg) de carga y correo entre Europa y Norteamérica.

Como la aeronave usaba hidrógeno, podía llevar más peso de lo originalmente previsto. En el invierno de 1936, se construyeron unos camarotes más amplios para que pudieran viajar más pasajeros. También por esa época, los alemanes construían otra aeronave muy similar al *Hindenburg*. Mientras que el *Hindenburg* se preparaba para la temporada de 1937, el futuro de estas aeronaves parecía muy prometedor.

Datos Importantes

Las paredes de los camarotes de los pasajeros estaban hechas de espuma ligera y recubiertas de tela. Los pasajeros compartían las duchas y los baños. Esto era necesario para disminuir el peso de la aeronave.

SERVICIO DE CORREO

Los zepelines no solo llevaban pasajeros de un lado a otro del Atlántico. El *Hindenburg* también llevaba muchas sacas de correo entre Norteamérica y Europa. Transportar el correo por esta vía era más caro que por barco, por lo que muchos de los envíos estaban destinados a coleccionistas de estampillas y otros que querían tener un recuerdo de los viajes del *Hindenburg*. Cuando el *Hindenburg* explotó, llevaba unas 17,000 piezas de correo. Algunas de ellas (más de 100) se encontraron después ¡y se entregaron a sus destinatarios!

LA APROXIMACIÓN FINAL

En la temporada de 1937, el *Hindenburg* realizó seis vuelos sin incidentes. El primer vuelo transatlántico del dirigible salió de Frankfurt a las 7:16 p.m. del 3 de mayo con 36 pasajeros y 61 tripulantes a bordo. En esa ocasión, el *Hindenburg* atravesó el océano Atlántico y entró en Norteamérica por la Isla de Terranova, en Canadá.

Aunque en un principio el *Hindenburg* tenía previsto llegar a Lakehurst, Nueva Jersey, el 6 de mayo a las 6:00 p.m., el aterrizaje se retrasó 12 horas por culpa de los fuertes **vientos de proa**. La aeronave llegó a Lakehurst alrededor de las 4:15 p.m., pero su capitán, Max Pruss, estaba preocupado por las condiciones climáticas. El comandante naval de Lakehurst, Charles Rosendahl, envió un mensaje a la tripulación para que retrasaran el aterrizaje hasta que pasara una tormenta.

Datos Importantes

Algunas personas piensan que las fuertes tormentas que azotaron esa área, crearon un ambiente cargado de electricidad que pudo haber causado el fuego que derribó al *Hindenburg*.

Mucha gente observó el dirigible sobrevolar la base aérea, en un día lluvioso, esperando que las condiciones mejoraran para poder aterrizar. Un aterrizaje normal es como el que se muestra en esta foto.

CALAMIDADES CLIMÁTICAS

Aquel 6 de mayo fue un día de muy mal tiempo en Lakehurst. Ese día, después de varias tormentas en el aeródromo, el *Hindenburg* dio vueltas en el aire durante tres horas antes de decidir aterrizar. Las tormentas son peligrosas para estas aeronaves porque las ráfagas de viento llamadas corrientes ascendentes pueden impulsarlas hacia arriba repentinamente. Este movimiento da lugar a salidas de gas propulsor que pueden incendiarse por culpa de los rayos. Tanto Pruss como Rosendahl opinaban que debían esperar a que mejorara el tiempo para que la nave pudiera aterrizar sin peligro.

LLEGA EL DESASTRE

El 6 de mayo de 1937, un poco después de las 7:00 p.m., el *Hindenburg* se aproximó al lugar de aterrizaje, volando a unos 600 pies (183 m) por encima de la Estación Aeronaval de Lakehurst. La tripulación soltó hidrógeno durante 15 segundos para que la aeronave pudiera perder altura y aproximarse a la torre de aterrizaje, o mástil de amarre, pero la aeronave no estaba estabilizada. La tripulación entonces soltó más hidrógeno desde la proa, o la parte delantera, y aguas de lastre que pesaban unas 2,400 libras (1,088 kg). Aun así, la cola del zepelín estaba más baja que el resto de la enorme aeronave.

A las 7:25, mientras que continuaban los esfuerzos por estabilizar el *Hindenburg*, se produjo un incendio cerca de la cola de la nave. El hidrógeno se incendió, y el *Hindenburg* se convirtió en una enorme bola de fuego antes de estrellarse contra el suelo.

Datos Importantes

Antes del incendio, seis miembros de la tripulación fueron enviados a la proa del *Hindenburg*, con la esperanza de que su peso estabilizara la nave.

EL ÚLTIMO VUELO DEL *HINDENBURG*

3 DE MAYO — **7:16 p.m.** - El *Hindenburg* sale de Frankfurt, Alemania.

4 DE MAYO — **2:00 a.m.** - El *Hindenburg* comienza a cruzar el océano Atlántico.

6 DE MAYO — **mediodía** - El Hindenburg sobrevuela Boston, Massachusetts.

3 p.m. - El *Hindenburg* sobrevuela la ciudad de Nueva York.

4:15 p.m. - El *Hindenburg* llega a Lakehurst, Nueva Jersey; su aterrizaje se retrasa por mal tiempo.

6:12 p.m. - La estación aeronaval dice que las condiciones son "aptas para el aterrizaje".

7:08 p.m. - La estación aeronaval recomienda "aterrizar lo antes posible".

7:10-7:24 p.m. - El *Hindenburg* trata de estabilizarse para poder aterrizar.

7:25 p.m. - El *Hindenburg* se incendia y explota mientras intenta aterrizar.

En menos de 30 segundos, el *Hindenburg* quedó completamente destruido por el fuego.

LOS SUPERVIVIENTES

El incendio, explosión y el accidente del *Hindenburg* ocasionaron la muerte a 36 personas: 13 pasajeros, 22 tripulantes y un empleado que estaba en tierra. Muchos de los que estaban a bordo se salvaron al saltar por las ventanas y huir lejos del fuego. En total, 62 personas sobrevivieron el accidente.

Un chico alemán de 14 años llamado Werner Franz que trabajaba de aprendiz en la aeronave, sobrevivió el accidente "sin un solo rasguño", gracias a un poco de suerte. El incendio comenzó mientras él limpiaba y un tanque de agua que estaba en alto se derramó encima de él, salvándolo de las llamas y del intenso calor mientras se escapaba por una ventanilla. Salió corriendo del accidente en dirección contraria al viento, lo que impidió que las llamas avanzaran hacia él.

"¡OH, LA HUMANIDAD!"

El accidente del *Hindenburg* es famoso porque ¡hubo cámaras que lo filmaron! La emisora de radio WLS de Chicago envió a un locutor llamado Herb Morrison para que cubriera el aterrizaje del zepelín. Mientras él y el ingeniero de sonido Charles Nehlsen veían cómo el zepelín se incendiaba, y Morrison describía todos los detalles del accidente, éste, horrorizado por la escena, gritó una frase que se ha hecho famosa: "¡Oh, la humanidad!", mientras la gente corría tratando de alejarse de ese infierno.

Datos Importantes

En las semanas que siguieron al accidente, el reportaje de Morrison se retransmitió a través de todo el país, pero no salió en directo en el momento del accidente. Su audiencia de Chicago lo escuchó por primera vez después de que la aeronave se había estrellado.

Muchos marineros corrieron en dirección a la aeronave que se incendiaba para poder agarrar las amarras y ayudar a los pasajeros y a la tripulación del *Hindenburg*, que intentaban escaparse de las llamas.

¿QUÉ PASÓ?

Tanto el gobierno de Estados Unidos como el de Alemania investigaron el accidente, pero nadie sabe con seguridad la causa del incendio. Ninguna de las investigaciones llegó a la conclusión de un ataque a la aeronave ni actos de **sabotaje**. La mayoría de la gente piensa que el hidrógeno prendió fuego por algún tipo de carga eléctrica, o chispa, que causó el incendio masivo. Algunos miembros de la tripulación reportaron haber percibido indicios de escape de gas cerca de la cola del dirigible. El tripulante Helmut Lau escuchó una "**detonación** amortiguada" y vio llamas cerca de una célula de gas en la parte de atrás, en la cola. El desastre se considera que fue ocasionado por accidente.

Datos Importantes

Los nueve tripulantes que estaban más cerca de la proa de la nave —la parte más lejana de donde originó el fuego— murieron todos. La cola de la aeronave chocó primero contra el suelo, pero según la proa se inclinaba hacia arriba, una gran bola de fuego se tragó la punta y salió disparada como un lanzallamas.

Sobrevivir el accidente fue una cuestión de suerte para muchos de los que estaban a bordo. Los que estaban más próximos a las salidas, tuvieron más oportunidad de salir con vida, mientras que los que estaban debajo o en medio del zepelín se quedaron atrapados bajo la estructura o por el fuego.

Muchos pasajeros miraban por las ventanas mientras la nave intentaba aterrizar y les fue más fácil saltar a tierra en el momento que la aeronave explotó.

¿TELAS EN LLAMAS?

Algunas personas creen que la tela que recubría las paredes del *Hindenburg* fue la causa del incendio. Piensan que el tratamiento que se aplicó a la tela para reflejar la luz del sol y evitar los cambios de temperatura dentro de las células de gas era altamente inflamable. Sin embargo, la mayoría de la gente, incluyendo los historiadores que han estudiado las películas del accidente, han comprobado que la tela no se quemó enseguida. Esto sugiere que el hidrógeno que estaba dentro fue la causa de la explosión. Algunas partes de la tela que cubría el *Hindenburg* ni siquiera llegaron a quemarse.

EL FINAL DE UNA ERA

Cuando el desafortunado *Hindenburg* prendió fuego en 1937, fue el final de la industria de los aerostatos. Aunque otros zepelines llevaban años ya volando, el primer vuelo del *Hindenburg* señaló el comienzo de la era de los viajes de pasajeros en aeronaves, pero su último vuelo prácticamente puso fin a esa era. Aunque mucha gente sobrevivió la explosión, las terribles imágenes del accidente en los periódicos y los ruidos y gritos que se escucharon por radio, asustaron al público.

La aeronave hermana del *Hindenburg*, el LZ-130 o *Graf Zeppelin II*, se terminó de construir en 1938. Los alemanes seguían sin poder conseguir suficiente helio para llenar el LZ-130 y tuvieron que usar hidrógeno de nuevo. El *Graf Zeppelin II* nunca realizó vuelos comerciales con pasajeros y realizó solamente 30 vuelos antes de ser desmantelado en 1940. Los vuelos en zepelín, sobre todo con hidrógeno, nunca volvieron a considerarse seguros.

¿PROBLEMA SOLUCIONADO?

En el 2013, se comenzaron a hacer pruebas de un nuevo tipo de aerostato sólido. El *Pelican* es el primer intento importante de construir un aerostato sólido desde el accidente del *Hindenburg* hace más de 75 años. Utiliza materiales ligeros y un sistema especial de gas helio que puede mantener el gas a altas presiones para que sea más pesado que el aire. Esto ayuda a la aeronave a estabilizar la carga con el gas de propulsión mejor que usar agua como lastre.

El gobierno alemán utilizó el *Graf Zeppelin II* para misiones militares y de espionaje durante la Segunda Guerra Mundial.

Datos Importantes

Para construir el *Hindenburg* se usó duraluminio y otros materiales ligeros, como espuma y madera de balsa, que son altamente inflamables. El *Pelican* está hecho de materiales ligeros que no se incendian, como fibra de carbono y aluminio.

GLOSARIO

detonación: el acto de explotar

góndola: una zona cerrada que cuelga de la parte de abajo de un aerostato

Gran Depresión: un período de grandes dificultades económicas con una tasa de desempleo alta y pobreza generalizada (1929-1939)

hangar: un edificio grande donde se guardan y se reparan aviones

inflamable: capaz de prenderse fuego y quemarse rápidamente

lastre: un material pesado, como piedra, arena o agua, que se utiliza para estabilizar una aeronave

Nazi: que tiene que ver con el partido político que controló a Alemania entre 1933 y 1945 bajo el mando de Adolf Hitler

propaganda: información que reparte un gobierno o una organización para difundir una idea

prueba de resistencia: una prueba de resistencia que se hace a una máquina para ver si es capaz de resistir largos períodos de tiempo

sabotaje: daño intencionado que se hace a algo, con la idea de que fracase

sala de estar: una sala que la gente usa para relajación

válvula: una estructura que se abre y se cierra para permitir el paso de algo

viento de proa: un viento que sopla en la dirección opuesta a la ruta de un avión

PARA MÁS INFORMACIÓN

LIBROS

Bowman, Chris. *The Hindenburg Disaster*. Minneapolis, MN: Bellwether Media, 2014.

Otfinoski, Steven. *The Hindenburg Explosion: Core Events of a Disaster in the Air*. Mankato, MN: Capstone Press, 2014.

Verstraete, Larry. *Surviving the Hindenburg*. Ann Arbor, MI: Sleeping Bear Press, 2012.

SITIOS DE INTERNET

Herb Morrison – El desastre del *Hindenburg*, 1937

archives.gov/exhibits/eyewitness/html.php?section=5
Lee fragmentos de la famosa transmisión radiofónica de Herb Morrison describiendo el accidente del Hindenburg.

Lista de pasajeros del desastre del *Hindenburg*

airships.net/hindenburg/disaster/hindenburg-passenger-list
Aprende más acerca de los pasajeros que estaban a bordo del Hindenburg el día que se estralló.

Nota del editor a los educadores y padres: nuestro personal especializado ha revisado cuidadosamente estos sitios web para asegurarse de que son apropiados para los estudiantes. Muchos sitios web cambian con frecuencia, por lo que no podemos garantizar que posteriores contenidos que se suban a esas páginas cumplan con nuestros estándares de calidad y valor educativo. Tengan presente que se debe supervisar cuidadosamente a los estudiantes siempre que tengan acceso al Internet.

ÍNDICE